la

MW00906688

Les éditions la courte échelle
Montréal • Toronto • Paris

Ginette Anfousse

Née à Montréal au début d'un printemps, Ginette Anfousse chiale et rit d'abord un bon bout de temps. Elle danse ensuite sur les pointes durant quelques étés. Puis, elle dessine presque sérieusement pendant six ans, pour la télévision, les journaux, les revues.

Elle commence à écrire des trucs machins. Complètement fascinée par les bibittes à poils, elle crée le désormais célèbre Pichou (bébé-tamatoir-mangeur-de-fourmis-pour-vrai).

Encouragée par ses nombreux lecteurs, éberluée par ses nombreux prix, autant pour le texte que pour l'image, Ginette Anfousse écrit ici son deuxième roman jeunesse, son premier ayant été *Les Catastrophes de Rosalie* qui a connu un très grand succès dès sa parution.

Comme Ginette Anfousse adore faire rire et sourire les petits et les grands, elle continue...

Marisol Sarrazin

Née à Sainte-Agathe-des-Monts en 1965, Marisol Sarrazin s'assoit d'abord sur les bancs de l'école dans un petit village des Laurentides. Elle poursuit ses études à l'UQAM en arts et communications.

Comme elle est bien jeune, elle hésite encore entre la sculpture, le vidéo et le graphisme.

Etant donné qu'elle aime bien créer des personnages, elle trouvera certainement le sien.

Après avoir illustré avec talent *Les Catastrophes de Rosalie*, elle nous revient en grande forme avec *Le Héros de Rosalie*. Des illustrations riches et qui collent bien à la réalité de Rosalie Dansereau.

*Pour mon père Jean, qui a surveillé de près
les premières amours de ses trois filles,
Pierrette, Ginette, Lisette.*

Ginette Anfousse tient à remercier le Conseil des Arts
du Canada pour son aide financière.

Les éditions la courte échelle inc.
5243, boul. Saint-Laurent
Montréal (Québec) H2T 1S4

Conception graphique:
Derome design inc.

Dépôt légal, 1er trimestre 1988
Bibliothèque nationale du Québec

Données de catalogage avant publication (Canada)

Anfousse, Ginette, 1944-

    Le héros de Rosalie

    (Roman Jeunesse ; 12)
    Pour les jeunes.

    ISBN 2-89021-075-8

    I. Sarrazin, Marisol, 1965-   . II. Titre. III. Collection.

PS8551.N42H47 1988   jC843'.54   C88-3639-7
PS9551.N42H47 1988
PZ23.A64He 1988

Ginette Anfousse

LE HÉROS DE ROSALIE

Illustrations de
Marisol Sarrazin

Prologue

Ça va mal! Il y a des jours où tout va mal!

D'abord, j'ai le nez trop petit, trop pointu. Le pire, j'ai comme un énorme bouton qui pousse dessus. Un sapristi de mocheté de bouton qui, ce soir, sera aussi gros que mon nez tout entier. Marie-Ève, elle, n'a jamais de bouton sur son nez parfait. J'ai le nez trop petit et trop pointu. Exactement comme celui de ma vraie mère. Tante Alice ne me fera jamais avaler qu'il me donne un petit air coquin. Je déteste tante Alice, ce matin.

Ça va mal, mes cheveux! Je n'arrive pas à les placer par en arrière comme le fait Marie-Ève. Mes cheveux, c'est une vraie tignasse de sapristi de mocheté de réglisses noires démodée. Il paraît que je déraisonne quand je parle de coupe de cheveux à tante Béatrice. Elle dit que j'ai la plus belle tête d'Indienne javanaise du boulevard Saint-Joseph. Exactement comme la tête de mon vrai père. Je déteste tante Béatrice, ce matin.

Ça va mal, mon chandail! Il passe son temps à me remonter autour de la taille. Mon chandail, c'est une vraie sapristi de mocheté de bouée de sauvetage. Les chandails de Marie-Ève, eux, ne s'entortillent jamais autour de sa taille. Ils sont toujours exactement de la bonne longueur et de la bonne largeur. Pas étonnant que tout le monde l'aime!

Tante Colette me répète toujours qu'on n'aime pas les gens à cause de leurs vêtements. Moi, je trouve que ça aide un peu. Je déteste tante Colette, ce matin.

Ça va mal! Il y a des jours où tout va mal!

Ça va mal, mes joues de bébé encore potelées. Mon cou trop court. Mes yeux en amandes. «Une vraie Chinoise!», comme dit tante Diane. Je déteste tante Diane, ce matin. Puis je crois bien que je déteste aussi tante Élise, tante Florence et tante Gudule. En fait, je pense que je les déteste toutes les sept. Ce n'est pas parce que je suis orpheline de père et de mère. Ce n'est pas parce qu'elles m'ont adoptée depuis presque toujours que je n'ai pas droit à la vérité.

La vérité, c'est que je suis laide. La vraie vérité, c'est que jamais, jamais je ne serai aussi belle et bien habillée que Marie-Ève Poirier.

Chapitre I
«Les gars,
ils sont tous pareils!»

Un des grands malheurs de la vie, c'est que même si ça va mal, il faut malgré tout se rendre à l'école. J'ai dû m'y rendre avec ma tignasse emmêlée. Mon chandail en bouée de sauvetage. Et le pire bouton que toute la classe ait jamais vu.

En entrant dans la cour, j'ai aperçu Marise et Julie, mes deux meilleures amies. Elles sautillaient sur place pour se réchauffer les pieds. J'ai relevé mon foulard. J'ai mis mon gant de laine sur mon nez. Je suis allée les rejoindre en rasant le vieux mur de briques de l'école.

Julie et Marise parlaient de coeurs et de Saint-Valentin. C'est normal, quatorze jours avant la grande fête des amoureux! Je me suis glissée entre elles. J'ai relevé mon foulard encore un peu. Et j'ai dit:

— Moi, l'année dernière, j'ai reçu exactement sept sapristi de mocheté de valentins. Celui de tante Alice. Celui de tante Béatrice. Celui de tante Colette. Celui de tante Diane. Celui de tante Élise. Celui de tante Florence et celui de tante Gudule.

Marise a avoué en riant que les seuls valentins qu'elle ait jamais reçus étaient ceux de son petit frère Simon.

Puis Julie a pris un air drôle. Un air mystérieux d'espionne allemande. Elle a dit, en baissant la voix:

— Moi, l'année dernière, j'ai reçu un vrai valentin. Un valentin acheté dans un grand magasin. Un valentin imprimé, en relief. C'était un immense coeur rouge avec un ruban rose collé tout autour.

Curieuses, on a prié, supplié Julie. Pour savoir enfin, Marise et moi, que le valentin était signé «Un inconnu qui soupire». Marise trouvait le valentin de Julie merveilleusement anonyme. Moi, je le trouvais parfaitement idiot.

Sans lâcher mon foulard, j'ai dit en riant:

— Comme tu n'en as parlé à personne, Julie Morin, j'imagine que tu as découvert, par la suite, que c'était ton père ou ton grand-père qui te l'avait envoyé?

— Pas du tout! a répliqué Julie. Je

n'ai rien dit parce que... parce que je trouvais ça... PERSONNEL.

Je crois bien que Julie adore nous faire languir. Quand on a voulu savoir qui était ce mystérieux inconnu, elle a repris aussitôt son air d'espionne allemande. Elle a dit, en chuchotant:

— Je ne suis pas certaine, mais j'ai ma petite idée là-dessus.

Alors j'ai sifflé entre les dents:

— Tu racontes des histoires de bonhomme Sept-Heures, Julie Morin!

Elle a répondu:

— Inutile d'insister, Rosalie Dansereau. Je ne dirai pas un mot de plus.

Et elle a haussé les épaules en relevant le nez, comme un sapristi de mocheté d'intrigante.

J'aurais voulu l'étrangler. Mais Marco Tifo s'approchait de nous en criant comme un crétin:

— Fait froid, fait froid, hein, les filles?

Il a ajouté en pirouettant sur une plaque de glace:

— Vous avez l'air de trois gazelles congelées qui complotent sur une banquise!

15

Comme personne n'appréciait son numéro, il m'a pointée du doigt en disant:

— Ton nez, Rosalie Dansereau, ton nez! Tu as peur de te le faire voler?

J'ai sursauté. J'ai répliqué aussitôt:

— Ton triple saut arrière, Marco Tifo, ton triple saut arrière! Tu crois qu'un jour tu vas y arriver?

Marco Tifo a haussé les épaules. Puis il est allé rejoindre le groupe de gars qui entourait Marie-Ève Poirier.

***

Dans le groupe de Marie-Ève, il y avait six gars. Ils roucoulaient comme des pigeons. Tous des gars de sixième année, sauf Marco.

Il y avait Éric-le-boutonneux. Guillaume-l'Haïtien-intellectuel-à-lunettes. Stéphane-le-pas-vite, qui a redoublé ses classes au moins trois fois. Jean-Philippe-le-lunatique-à-tête-ronde-comme-Charlie Brown. Puis Martin-le-bum-à-radio-cassette qui se promène toujours en dandinant les fesses.

Marie-Ève, au milieu, n'avait pas du tout l'air congelé. Même que ses pattes de gazelle étaient gentiment croisées dans ses bottes de mouton. Ses cheveux, malgré le vent, malgré le froid, restaient en place, comme au cinéma.

Tout en reluquant les manières décontractées de Marie-Ève Poirier, j'ai parlé, parlé. J'ai raconté à mes deux meilleures amies combien Marco était insupportable. Que j'avais dû me rendre tous les dimanches matin, depuis un an, à son garage. Qu'il me fallait le regarder décrocher ses anneaux. Tenter son triple saut périlleux arrière. Risquer de le voir se rompre le cou. Discuter technique, l'applaudir, l'encourager.

Quand j'ai eu fini de parler, Marise m'a regardée, les yeux exorbités:

— Il ne t'a même pas envoyé un valentin!

Julie, qui avait toujours gardé son attitude mystérieuse, a soupiré:

— Les gars, ils sont tous pareils!

Puis j'ai seulement eu le temps de voir Pierre-Yves Hamel, mon voisin, s'approcher de Marie-Ève en courant. Il lui a fait un air aussi niais que Popsi, l'ancien chien de Marco. Celui qui, un petit matin, s'est fait écrabouiller par une auto.

Les pattes de gazelle de Marie-Ève ont gigoté un instant.

J'ai soupiré:

— C'est vrai. Les gars, ils sont tous pareils!

Puis la cloche a sonné. Mon foulard a glissé. Ensemble, Marise et Julie ont crié:

— Rosalie, ton nez! Tu as comme un énorme bouton sur ton nez!

Même s'il y a des jours où tout va mal, jamais, sapristi de mocheté, jamais je n'aurais pu imaginer que cela pouvait aller aussi mal!

Chapitre II
Les salons de beauté

Pendant la récréation de l'avant-midi, Marise m'a traînée aux toilettes des filles. Elle avait dans sa poche tout ce qu'il fallait pour dissimuler mon malheur. C'est-à-dire un bâton de cache-cernes pour masquer mon bouton. Tout en appliquant une bonne couche de crème, Marise avait l'air parfaitement dégoûté. Elle grimaçait et répétait:

— Terrible, terrible, ton bouton, Rosalie!

Exaspérée, j'ai dit:

— T'as fini tes commentaires, Marise Cormier! Je n'ai tout de même pas attrapé la peste bubonique!

Dans le miroir, je voyais toujours mon nez bouffi, mais le rouge du bouton avait miraculeusement disparu. Alors j'ai su que le maquillage, c'était presque de la magie. J'ai pensé immédiatement à tante Gudule et à son salon de beauté. Je me suis promis d'aller y faire un tour après la classe.

Malgré les rires moqueurs, les allusions désagréables de tout le monde, cette idée m'a rendu le reste de la journée beaucoup plus supportable. Même que Marise avait perdu son air dégoûté. Elle me souriait constamment, parce que j'avais décidé de l'amener avec moi. Marise adore tripoter les crèmes, les rouges à lèvres, les ombres à paupières, les poudres et les parfums. C'est une maniaque du maquillage, comme Julie est une maniaque de l'ordinateur. Je me demande si tante Gudule la laissera tripoter à son goût, dans son salon de beauté?

**

Dans son super salon de la rue Papineau, tante Gudule a poussé un petit cri en me voyant arriver avec Marise Cormier:

— *Poison*, mais *poison*! Qu'est-ce que tu viens faire ici? Tu sais bien que je suis très, très occupée!

C'était évident qu'elle était très, très

occupée. Elle surveillait trois masques de boue qui nous fixaient comme des statues. Le corps étalé sur des chaises à bascule, les cheveux enfouis dans des sacs de plastique, les trois masques avaient l'oeil méchant. Je me suis approchée de tante Gudule et je lui ai dit, en pointant mon nez:

— C'est pour *ça* que je suis venue. Marise et moi, nous sommes convaincues qu'avec tes petits pots d'onguents et tes maquillages, tu pourras faire de la grande magie.

— Pouah, *poison*!, s'est lamentée tante Gudule en tâtant mon bouton. Passe dans la pièce à côté. Je te rejoins dans deux instants.

C'est dans la pièce à côté que je me suis aperçue que la grande magie du maquillage prenait du temps. Beaucoup de temps. Infiniment de temps. Marise et moi avons attendu une heure vingt-cinq minutes avant que les trois masques de boue perdent leurs regards méchants et retrouvent, petit à petit, une allure humaine.

Quand enfin tante Gudule est venue nous rejoindre, elle avait un tampon de ouate dans sa main droite et un flacon d'alcool dans sa main gauche. Elle a dit, pressée:

— Badigeonne-toi le bout du nez avec ça. Dans trois jours, ton bouton aura disparu.

Juste avant qu'elle me dise de filer à la maison, j'ai dit:

— Non, trois jours, c'est trop long! Je veux un masque de boue, moi aussi! Et du cache-cernes! Et des crèmes, du maquillage et des onguents. Je veux... je ne veux plus de ce bouton sur mon nez! Je veux... je veux qu'il disparaisse tout de suite!

Sapristi de mocheté que j'en ai voulu à tante Gudule quand elle m'a répondu qu'un bouton, c'était comme la grippe. Qu'il fallait que cela fasse son temps. Que j'étais beaucoup trop jeune pour les masques de boue et les maquillages.

Dans un coin, Marise, devant un miroir, étalait minutieusement de l'ombre à paupières au-dessus de son oeil gauche. Je lui ai attrapé vigoureusement un bras en criant pour que tout le monde entende:

— Viens-t'en! Les salons de beauté,

c'est de la fraude! Tu te rends compte qu'ils sont totalement impuissants à faire disparaître le moindre petit, tout petit bouton!

Juste avant de claquer la porte, j'ai encore dit:

— La grande magie du maquillage, c'est drôlement moins magique que je le pensais!

Je savais que tante Gudule était rouge de colère et de honte. Mais je ne savais pas du tout comment réagissaient les trois masques de boue. Elles avaient tout entendu. Et elles enfilaient leurs manteaux.

Je n'ai pas pris la peine de me retourner. J'ai entraîné Marise sur le trottoir de la rue Papineau. Elle était furieuse. Et surtout parfaitement ridicule avec juste un oeil maquillé. Elle a juré qu'elle ne me prêterait plus jamais son bâton de cache-cernes. J'ai haussé les épaules. J'ai sorti de la poche de mon manteau un bâton de cache-cernes tout neuf en disant:

— Je m'en fous, Marise Cormier! J'en ai chipé un à tante Gudule pour... pour trois jours!

On a fait quelques pas en silence. Puis
Marise s'est arrêtée. Elle avait tout à
coup le même air d'espionne allemande
que Julie, ce matin, dans la cour de
l'école. Je n'aimais pas ça du tout. Je sentais encore les intrigues et les complots.
Puis les mots sont sortis de sa bouche en
sifflant comme des flèches:

— Tu sais, Rosalie Dansereau, je ne
voulais pas te le dire… mais ce matin,
avant que tu arrives, j'ai tout raconté à
Julie. Elle sait être très discrète, elle. Elle
sait garder sa langue, elle. Mais je vais
quand même t'en raconter un bout.

Malgré le vent, malgré le froid, à mesure que Marise parlait, je me sentais toute chaude. Elle racontait que la veille, le plus beau gars de sixième lui avait téléphoné. Il lui avait demandé de l'accompagner au grand *party* de la Saint-Valentin, à l'école. Il l'avait même suppliée de ne danser qu'avec lui. Juste au coin de la rue, avant qu'on se sépare, elle a ajouté:

— Ça ne sert absolument à rien, Rosalie Dansereau, de me demander son nom! Je pense que Julie a parfaitement raison. C'est tout à fait… PERSONNEL.

Je sais maintenant que Marise Cormier est la pire sapristi de mocheté d'amie que je pouvais trouver. Jamais, jamais plus je ne lui adresserai la parole! C'est la pire comploteuse que l'on puisse imaginer!

Je ne voulais pas rentrer à la maison. J'ai marché, marché. J'ai pensé à Roger, notre professeur d'éducation physique. C'est lui qui, chaque année, organise le grand *party* de la Saint-Valentin pour les élèves de cinquième et de sixième. Il décore le local des arts plastiques avec des ballons roses. Des ballons rouges. Des coeurs en papier et des anges joufflus. Il y a toujours de la musique super pour danser. Je le sais parce que Marie-Ève Poirier, l'an passé, m'a tout raconté. Elle avait, paraît-il, tellement d'amoureux qu'elle n'avait dansé qu'avec des gars de sixième année. Aujourd'hui qu'elle est en sixième, je suis certaine qu'elle préférerait danser avec des garçons du secondaire. Mais ils ne sont pas invités.

Je marchais toujours et j'avais des idées noires. J'en voulais au monde entier. J'en voulais à mes tantes. J'en voulais à mes parents dans leur ciel, qui n'avaient pu éviter qu'on m'envoie ce sapristi de bouton. J'en voulais surtout à Roger, qui avait inventé cette mocheté de *party* de la Saint-Valentin.

Puis je voyais Julie avec son amoureux qui soupire. Je voyais Marise avec son plus beau gars de sixième année. Je voyais Marie-Ève Poirier avec sa cour de pigeons. Enfin, je me voyais seule au monde, sans personne pour m'aimer. Alors, sur le perron, une seconde avant d'entrer, j'ai pris une grave décision. Le quatorze février, pour la Saint-Valentin, je tomberai malade. Je serai invalide pour la journée.

Chapitre III
Timinie et Charbon

Pendant trois jours, j'ai beaucoup parlé avec mon chat Charbon. Je suis certaine qu'il comprend tout. Il n'est pas nécessaire de lui faire des simagrées pour qu'il frôle ma joue de ses moustaches. Je crois bien que Charbon est mon seul véritable ami. Ce n'est pas comme la combinarde de Marise Cormier. Je ne lui ai pas dit un mot depuis le sombre soir de son abominable traîtrise. Je me suis plutôt rapprochée de Marie-Ève Poirier.

Marie-Ève m'a appris des sapristi de mocheté de bons trucs pour m'habiller, me maquiller, me coiffer. Elle m'a même donné des conseils que je n'avais pas du tout demandés. Elle m'a dit:

— Tu sais, Rosalie, les gars, plus tu t'en occupes, moins ils s'intéressent à toi.

C'était comme si Marie-Ève m'avait devinée. Mais je ne lui ai pas dit que j'avais décidé d'être invalide. Pour le grand *party* de la Saint-Valentin.

Assises par terre dans la chambre bien rangée de Marie-Ève, on a feuilleté ensemble une revue de mode. Elle tournait machinalement les pages colorées. Son geste s'est arrêté sur une page-annonce de jeans. Un garçon roux, la chevelure ébouriffée, tenait par la taille une jeune fille blonde. La fille glissait les doigts dans ses cheveux. Elle semblait regarder ailleurs. Marie-Ève a rêvé deux instants, puis elle a dit, en se tortillant:

— Tu ne trouves pas qu'il ressemble à Pierre-Yves?

J'ai répondu hypocritement:

— Tu veux dire à... à Pierre-Yves Hamel?

Je voyais bien que le garçon sur la photo avait des taches de rousseur. Il

avait la même allure de conquérant que mon voisin.

J'ai dit, mine de rien:

— Est-ce que tu crois que Pierre-Yves est le plus beau gars de sixième année?

Marie-Ève a répondu:

— Il n'est pas mal!

Alors j'ai dit:

— C'est peut-être lui, le plus beau gars de sixième année? Celui qui a téléphoné à Marise pour l'inviter personnellement au *party* de Roger?

Marie-Ève a glissé la main dans ses cheveux en regardant dans le vague. Exactement comme sur la photo de la revue. Elle a dit:

— Ça m'étonnerait beaucoup! Je ne lui donne pas deux jours avant qu'il me supplie de l'accompagner!

J'ai eu subitement chaud. J'ai eu subitement les jambes molles. J'ai eu le coeur subitement serré, comme si j'allais pleurer. Je me suis levée. J'ai dit:

— J'ai l'estomac si barbouillé que je vais sûrement faire une indigestion aigüe.

Et je suis sortie prendre l'air.

Dehors, il faisait froid. La neige craquait sous mes semelles de caoutchouc. Le vent, par coups haineux, soulevait la neige qui s'entassait le long des piquets de clôture. Les voitures circulaient lentement. Les phares allumés. Le boulevard Saint-Joseph avait des allures de désert sous les tempêtes.

Entre deux bourrasques, j'ai cru voir le manteau de tante Alice. Puis j'ai clairement entendu sa voix qui appelait:

— Charbon! Charbon!

J'ai couru vers elle. Tante Alice, à bout de souffle, cherchait mon chat.

Après le petit déjeuner, Charbon lui avait filé entre les jambes. Il n'était pas réapparu de la journée. Je lui ai dit, pour la rassurer:

— Retourne à la maison! Je sais avec qui Charbon court la galipote. C'est avec Timinie, la chatte de Pierre-Yves Hamel.

Tante Alice, soulagée, est repartie. Moi, j'ai grimpé l'escalier de la maison voisine de la nôtre. Le coeur serré, l'estomac toujours barbouillé, j'allais sonner chez Pierre-Yves. Mais la porte s'est ouverte toute seule.

Pierre-Yves, assis sur la première

marche de l'escalier intérieur, lisait. Il a à peine levé les yeux pour dire:

— Entre! Ferme la porte! Je suppose que tu cherches ton chat? Il dort au chaud, sur le palier du haut.

J'allais monter, mais il a étendu la jambe pour me barrer le passage. Il a dit:

— Ce n'est pas un temps, Rosalie Dansereau, pour abandonner son chat dehors!

J'ai répondu, en bafouillant un peu:

— Tu sauras, Pierre-Yves Hamel, que si ta chatte ne faisait pas tant de manières, ce n'est pas sur le palier de *ta* porte que dormirait mon chat. Mais dans son panier d'osier, dans *ma* chambre.

J'aurais pu ajouter que jamais Charbon ne s'était enfui de la maison. Avant, avant que lui, Pierre-Yves Hamel, déménage dans notre rue, avec sa sapristi de chatte blanche. Mais je lui ai seulement demandé ce qu'il lisait.

Je voyais bien qu'il lisait un livre de la collection «Un livre dont vous êtes le héros». À côté de lui, il y avait un papier, un crayon, des dés et une gomme à effacer.

Il a répondu sur un ton moqueur:

— C'est exactement le genre de livres qui n'intéresse pas les filles.

Vexée, j'ai dit, en mentant un peu:

— Je vais peut-être t'étonner, Pierre-Yves Hamel, mais j'en ai au moins dix-huit dans ma bibliothèque.

La vraie vérité, c'est que j'en avais quatre. Mais mon mensonge avait fait son petit effet. Pierre-Yves avait subitement perdu son air de conquérant. J'en ai profité pour lui arracher le livre des mains. J'ai dit, en regardant le titre:

— Celui-là, je l'ai réussi du premier coup! C'était débile comme c'était facile!

En fait, c'était le premier livre de cette collection que j'avais lu. J'avais dû m'y prendre à cinq reprises pour me rendre jusqu'à la fin de l'aventure. Et sauver l'humanité toute entière.

Puis Pierre-Yves a sorti de la poche de son anorak un autre livre. J'ai eu la frousse qu'il se remette à lire. Qu'il me laisse là, toute bête au pied de son escalier. Mais il m'a tendu le livre en disant:

— Je suis certain que tu n'as pas lu celui-ci. Veux-tu le lire avec moi, si tu es si bonne?

Sapristi de mocheté que j'étais heureuse en lisant le titre *Le Seigneur des ténèbres*! Mon coeur a bondi. Je me suis assise à côté de lui. Et j'ai dit OUI.

Ensemble, on a étudié la carte du territoire à conquérir. On a choisi nos pouvoirs et nos armes. On a joué avec les dés nos points d'habileté. Pendant une heure on a ri, combattu, tué, secouru un nombre incalculable d'amis et d'ennemis. On a, Pierre-Yves et moi, mis en pièces des milliers de Diables rampants. De Gloks sanguinaires. De Gargouilles volantes. Pour, enfin, arriver glorieux à la Cour du Roi. Et être reçus GRANDS SEIGNEURS KAÏ.

J'étais assise si près de Pierre-Yves que parfois nos cheveux se touchaient. J'aurais voulu qu'un Glok sanguinaire nous écrabouille mortellement. Pour recommencer l'aventure, encore et encore. Mais on avait réussi du premier coup. Alors, je me suis levée. J'ai dit exactement le contraire de ce que je pensais:

— Moi, ce que j'aime dans ce genre de livres, c'est que ce n'est jamais très long à lire.

J'allais sortir en oubliant Charbon. Comme une étourdie. Mais Pierre-Yves m'a attrapé la main en disant:

— Ouais! C'est vraiment une habitude, Rosalie Dansereau, d'oublier ton chat un peu partout!

Agacée, je me suis dégagée. J'ai secoué ma tignasse d'Indienne javanaise. Et j'ai grimpé l'escalier.

Sur le palier, Charbon et Timinie, la chatte blanche de Pierre-Yves, dormaient l'un contre l'autre. J'ai dégagé Charbon. Il a miaulé. Je l'ai mis au chaud à l'intérieur de mon manteau.

J'ai caressé la tête de Timinie. Son corps a roulé sur le côté. J'ai vu qu'elle était ronde comme un oeuf. J'ai crié à Pierre-Yves:

— Sapristi de mocheté, mais ta chatte attend des bébés!

Il a répondu:

— Même qu'elle les attend d'une journée à l'autre. Je te jure que mes parents ne sont pas très contents!

J'ai dit en redescendant l'escalier:

— Moi, moi, je trouve ça absolument merveilleux!

Il a dit:

— Moi aussi, je trouve ça merveilleux! Mais ce que je trouverais de plus merveilleux encore, c'est que tu me prêtes tes dix-huit livres qui dorment dans ta bibliothèque.

Je me suis sentie rougir de la tête aux pieds. J'ai dit:

— Ouais, mais j'y tiens beaucoup. Mais... j'y penserai.

J'ai poussé la porte. Je suis sortie dans l'hiver. Et je suis rentrée à la maison.

***

Mes sept tantes finissaient d'avaler leur dessert. Elles avaient leur regard sombre des mauvais jours. J'ai sorti Charbon de mon manteau en disant fièrement:

— Vous ne savez pas la nouvelle? Nous allons tous être pères! La chatte de Pierre-Yves attend des bébés!

J'ai ajouté en me dirigeant vers ma chambre:

— Il n'est pas nécessaire de me faire un sermon. Je sais qu'il est sept heures. Je sais que je suis IMPARDONNABLE-MENT en retard. Je n'ai pas faim. Et je suis très fatiguée.

La tête haute, sans me retourner, je

suis montée avec Charbon dans les bras.

J'ai entendu mes tantes piailler comme des poules. Puis chacune a fini par se retirer dans sa chambre. Dans le calme et le silence, je pouvais enfin rêver.

Je pouvais, en paix, songer à Pierre-Yves. Aux cheveux de Pierre-Yves. Aux mains de Pierre-Yves. Je pouvais, en paix, songer à Timinie, la chatte de Pierre-Yves, qui attendait ses chatons. Couché en boule, Charbon le père ronronnait sur mes pieds. Je l'ai pris dans mes bras. J'ai chuchoté:

— Je pense bien que pour le *party* de Roger, je vais changer d'idée. Mais tu sais, quoi qu'il arrive, tu seras toujours mon meilleur ami.

Puis je l'ai serré si fort qu'il a poussé un miaulement de lion. Il a bondi sur le plancher. Sauté dans son panier. Charbon m'a regardé un long moment. Puis il s'est couché en rond.

Moi, j'ai mis de longues heures avant de m'endormir.

Chapitre IV
Le défi

Le lendemain, c'était dimanche. Malgré un soleil cru, j'ai eu le goût de rêvasser encore un peu dans mon lit. Je voyais ma tignasse noire dans le miroir. Alors je me suis souri. Je n'avais plus du tout envie de verser une bouteille de peroxyde dans mes cheveux pour les faire blondir. Mon nez me semblait d'une grosseur normale. Tante Alice avait raison: il me donnait un petit air spécial.

Mon bouton avait complètement disparu. En trois jours. Exactement comme tante Gudule me l'avait prédit. J'aimais bien mes tantes, ce matin.

Je serais bien restée des heures à flâner dans mon lit. Mais Charbon miaulait. Il avait faim. Dans la cuisine, en bas, mes tantes bardassaient la vaisselle. Depuis toujours, c'était moi qui me levais la première. Qui bardassais la vaisselle pour qu'elles se réveillent. Alors j'ai pris mon temps. Puis, avec Charbon, je suis descendue tranquillement.

Tante Alice m'a dit en souriant:

— Mon *poussin* a bien dormi?

Tante Béatrice a ajouté:

— Ce n'est pas parce que ton chat sera père d'une joyeuse bande de chatons qu'il faut changer les habitudes de la maison, *mon coeur*. Je n'aime pas beaucoup te voir traîner dans ta chambre, le matin.

— Tu exagères, c'est la première fois qu'elle se lève après nous, lui a répondu tante Colette.

— Tu veux une rôtie avec de la confiture, *mon ange*?, a gentiment proposé tante Diane.

— Je suis certaine que *mon oiseau des îles* préférerait du pain doré, a renchéri tante Élise.

— Ou peut-être bien des croissants aux amandes?, a insisté tante Florence.

Enfin, tante Gudule a conclu en disant:

— Je suis certaine que *mon poison* dévorerait tout rond une immense et gigantesque omelette au fromage fondu! Après tout, elle n'a rien avalé au souper, hier soir!

J'ai dit, en grimaçant:

— C'est... c'est que je n'ai pas faim du tout. J'ai comme l'estomac à l'envers. Je crois que je vais avoir une vilaine indigestion aiguë.

Alors j'ai vu la déception, puis une grande consternation sur leurs visages. Tante Alice s'est mise à gesticuler:

— Je vous l'avais bien dit! Cette enfant est malade! Elle n'est pas dans son assiette! Comme d'habitude, personne ne m'écoute dans cette maison!

Tante Béatrice a soulevé les épaules. Les autres se sont levées en bloc pour laver la vaisselle. Puis tante Diane s'est approchée de moi en murmurant:

— Moi, je crois bien deviner tout ce qui t'arrive, *mon ange…*

J'ai nourri mon chat et j'ai dit en remontant dans ma chambre:

— L'air me fera du bien. Je vais m'habiller. J'ai rendez-vous avec Marco Tifo dans son garage. Je crois qu'aujourd'hui il va enfin réussir son triple saut périlleux arrière.

Mes sept tantes m'ont regardée monter les escaliers. Et moi aussi je me suis sentie comme une espionne allemande. Exactement comme Marise et Julie.

***

Je suis entrée dans le garage de Marco par la porte d'hiver. Celle qui se trouve à l'arrière du garage. Marco suait sur ses anneaux. Dans l'air humide, une buée blanche sortait de sa bouche. Un gros matelas épais était étendu sur le ciment du plancher. Le père de Marco l'avait installé pour amortir les mauvaises chutes.

Marco prenait un gros élan quand je lui ai crié de loin:

— Je ne peux pas rester longtemps aujourd'hui parce que j'attends une nouvelle importante!

Il a lâché les anneaux. Il a roulé sur le matelas. Les poings sur les hanches, il m'a demandé, contrarié:

— C'est quoi, Rosalie Dansereau, ta nouvelle si importante?

— Bien... bien... Timinie, la chatte de Pierre-Yves Hamel, attend des bébés!

— Je ne vois pas ce qui est important. Je ne vois pas ce que la chatte de Pierre-Yves Hamel a affaire avec toi!

— C'est que tu es un idiot, Marco Tifo. Tu sauras que le père des bébés, c'est Charbon, mon chat!

Il a haussé les épaules et il a répété:

— Je ne vois toujours pas ce qui est si important!

Et juste avant de prendre son élan pour se projeter à nouveau dans les airs, il a ajouté:

— En tout cas, c'est sûrement moins important que de me voir réussir mon premier triple saut périlleux arrière!

Sur ces mots, son corps et ses jambes se sont élancés si haut, qu'ils m'ont semblé toucher le plafond du garage. Il a pirouetté deux fois par en arrière. Le souffle coupé, je l'ai vu atterrir sur le derrière dans le mou du matelas. Encore une fois, je l'ai cru blessé définitivement. Mais Marco s'est encore relevé en disant:

— Je l'ai presque réussi! Je crois bien que c'est une question d'heures. Tu as vu comme j'ai amélioré mon élan?

— Ouais! J'ai vu, Marco Tifo… Mais je crois bien que je vais malgré tout aller attendre ma nouvelle importante.

Je l'ai entendu crier en refermant la porte:

— Tant pis pour toi si tu manques mon saut, Rosalie Dansereau!

J'ai pensé: les garçons, c'est vraiment presque tous des idiots!

***

Pendant toute la journée, pendant toute la soirée, j'ai attendu le coup de téléphone de Pierre-Yves. J'espérais qu'il m'annoncerait l'arrivée des bébés chats. J'espérais qu'il me demanderait un de

mes dix-huit livres. J'espérais surtout qu'il m'inviterait au *party* de la Saint-Valentin.

Je n'ai ni lu, ni mangé. Ni étudié de la journée. Puis, vers neuf heures, je me suis sentie troublée, inquiète. Comme si un nuage noir envahissait ma tête. Un nuage qui avait tantôt la forme de Marise Cormier, tantôt la forme de Marie-Ève Poirier. Et parfois même la forme de Julie Morin. Désespérée, je suis allée frapper à la porte de tante Diane. Elle a seulement dit:

— Entre, *mon ange*, je t'attendais.

Alors, je lui ai raconté combien mon dimanche avait été une sapristi de mocheté de journée. D'abord, il y avait eu cette abominable indigestion aiguë qui m'avait fait traîner dans mon lit toute la matinée. Puis Marco Tifo n'avait pas encore réussi son triple saut périlleux arrière. Puis aucune de mes amies n'avait pensé à me téléphoner. Enfin il y avait ce sapristi de *party* du quatorze février, où j'avais encore décidé d'être invalide pour la soirée.

Tante Diane m'a écoutée avec son air de grande personne qui a tout compris.

Elle a dit:

— Est-ce que je pourrais faire quelque chose pour toi?

J'ai dit oui:

— Tu voudrais m'acheter quatorze livres d'un coup?

Elle m'a regardée avec son air de grande personne qui n'a rien compris:

— Pourquoi?

— Pour ma bibliothèque. Parce que j'ai besoin de dix-huit livres de la collection «Un livre dont vous êtes le héros» dans ma bibliothèque. C'est tout.

Je me suis jetée dans ses bras:

— Tante Diane, surtout, surtout ne me demande pas pourquoi!

Elle m'a prise par les épaules:

— Mais, *mon ange*, tu sais ce que l'on pense de ces livres dans cette maison?

J'ai répondu:

— Je le sais, tante Alice les trouve trop violents. Tante Béatrice pense qu'ils sont bourrés de clichés. Tante Élise dit que ce n'est pas de la littérature. Mais… mais moi, j'en ai besoin. C'est très, très important!

Je voyais tante Diane torturée. Elle marchait de long en large. Elle hésitait.

Alors j'ai inventé un vrai mensonge. J'ai dit:

— C'est pour le *party* de Roger, notre prof de gym. Il nous a demandé d'inventer un jeu à partir de ces livres. Et c'est pour ça que j'ai besoin de modèles. Si je ne réussis pas, c'est certain que je devrai être invalide pour son *party*.

Tante Diane m'a repris par les épaules:

— *Mon pauvre ange*, il fallait le dire! Moi qui te croyais en amour avec un quelconque voisin! J'avais même imaginé que tu avais passé ta journée à attendre un éventuel coup de téléphone! Je vois bien qu'aujourd'hui les jeunes filles sont très différentes. Elles ont autre chose à faire que de tourner autour d'un appareil téléphonique. Ou faire la grève de la faim. C'est que tu ne peux pas t'imaginer, toi, combien dans mon temps les filles agissaient comme des idiotes!

Tante Diane avait un si étrange sourire en caressant la photo de son professeur de géographie que j'ai eu un instant le goût de tout avouer. J'ai seulement dit:

— Tu as raison, les filles, aujourd'hui, ne sont plus idiotes du tout. Les garçons, les coups de téléphone, les invitations aux *parties*! Elles s'en balancent comme de leur dernière sapristi de mocheté de chemise! Elles préfèrent avoir de super indigestions aiguës! Ou inventer de super jeux à partir de livres qu'elles n'ont même pas lus!

— C'est bon, *mon ange*, c'est bon! Je t'en achèterai deux ou trois. Cela te sera suffisant pour te servir de modèle!

Et, juste avant de quitter tante Diane, j'ai demandé:

— Si tu avais à choisir un amoureux, est-ce que tu le préférerais beau, bon, riche ou intelligent?

Elle a répondu en me regardant droit dans les yeux:

— Moi, je préférerais qu'il soit FRANC.

Alors j'ai rougi. J'ai baissé les yeux. Je l'ai embrassée. Et je suis sortie.

***

J'ai fait quelques pas dans le couloir. J'ai frappé chez tante Gudule. Elle n'était pas là. J'ai mis sur sa coiffeuse le bâton de cache-cernes qui traînait dans ma poche depuis huit jours. J'ai tripoté ses petits pots d'onguents. Puis j'ai emprunté un crayon à sourcils. Du fard à paupières. Du rose à joues. Je suis retournée dans ma chambre faire des essais.

Comme Marie-Ève me l'avait expliqué, j'ai d'abord étalé le rose sur l'os de ma pommette. Puis j'ai frotté. J'ai fait glisser le crayon à sourcils le long de mes cils. Puis en bas de l'oeil. J'ai mis de l'ombre bleue sur ma paupière gauche. Puis sur ma droite. J'ai saisi une poignée de cheveux sur le côté. Je l'ai enroulée dans un élastique pour faire une queue.

Ce n'était plus moi, c'était une autre. Ce que je voyais dans le miroir était si différent. C'était presque quelqu'un comme dans les revues de mode de Marie-Ève Poirier. J'ai éteint les lumières. Et, pour la première fois de ma vie, j'ai dormi maquillée et tout habillée.

Chapitre V
Les pigeons

Les lundis matin, dans la cour d'école, c'est toujours plate et moche. Tout le monde se ramasse en petits groupes et chuchote.

Mais, ce lundi neuf février, moi, coiffée, maquillée, les pantalons enroulés, je me sentais comme la première marguerite de juin. La tête au vent, je voyais bien que tout le monde me regardait. Je me suis glissée dans le groupe de pigeons, juste à côté de Marie-Ève Poirier.

Elle a d'abord fait semblant de ne rien remarquer.

Tous les garçons du groupe me reluquaient, gênés. Martin-le-bum-à-radio-cassette avait cessé de dandiner les fesses. Jean-Philippe-le-lunatique me fixait avec sa tête ronde, la bouche ouverte. Guillaume-l'Haïtien-intellectuel triturait ses lunettes à écailles de tortue. Stéphane-le-pas-vite se grattait l'occiput

pendant qu'Éric-le-boutonneux ramassait le contenu de son sac à lunch. Il l'avait bêtement renversé.

Alors Marie-Ève a dit:

— Tu as un peu changé ta coiffure, Rosalie?

— Fiou! a sifflé Jean-Philippe. Tu parles qu'elle a changé un peu! On dirait une actrice de cinéma!

Puis Marie-Ève a pouffé de rire si fort que j'ai cru un instant que mon maquillage avait coulé. Ou que j'avais mis mes bottes à l'envers. Que j'avais, collée dans le dos, une sapristi de mocheté de chose qui fait rire.

Ce n'était pas cela du tout. Elle a seulement dit:

— Vous ne savez pas qui m'a téléphoné en fin de semaine? Vous ne devinerez jamais!

On ne l'a pas su. Le beau Marco Tifo est arrivé en hurlant:

— J'ai réussi! J'ai réussi!

Puis, s'arrêtant juste devant moi:

— J'ai réussi, Rosalie Dansereau!

Et, sans un commentaire sur ma nouvelle tête d'actrice de cinéma, il a raconté. Il a raconté comment la veille, seul dans son garage, il avait réussi son premier grand triple saut périlleux arrière. À l'entendre, c'était presque les Olympiques. Son corps, son esprit, tendus vers le but ultime, s'étaient échappés de l'attraction terrestre, pour retomber harmonieusement en équilibre sur le plancher.

Puis Marie-Ève, qui ne savait rien du tout, lui a dit:

— Je savais! Je savais que tu réussirais! Je comprends profondément ce que tu ressens. Moi aussi, c'est le rêve de ma vie de devenir une grande gymnaste olympique!

Ah! la vache!, que j'ai pensé, en voyant le sourire crédule qui se dessinait sur le visage de Marco.

Mais comme j'allais partir, la belle Marie-Ève m'a chuchoté à l'oreille:

— Tu sais, Rosalie, je préférais ta tête avant. Avant que tu te maquilles. Elle avait l'air plus… plus naturel.

Alors j'ai su. Sans le moindre doute. Que Marie-Ève était jalouse. Que ma nouvelle coiffure m'allait parfaitement. J'ai haussé les épaules. Et je suis allée rejoindre Julie.

Julie, appuyée sur le mur, semblait préoccupée. Elle a dit sans presque me regarder:

— C'est super beau, ta nouvelle coiffure.

J'aime beaucoup Julie. C'est la moins compliquée et la plus franche de mes amies. En la voyant si abattue, j'ai demandé:

— Tu es malade, ou quoi?

Elle a répondu:

— C'est bête! C'est à cause de mon valentin de l'année passée.

— Tu as enfin trouvé le mystérieux inconnu qui soupirait pour toi?

— Presque.

— Comment, presque?

— Ben... ben, avec le calcul des probabilités, il y a toujours une marge

d'erreur possible. Mais comme elle est prise en considération, il devient une quasi-certitude.

— Et c'est qui, ta quasi-certitude, Julie Morin?

— Ben, ben... mon ordinateur est arrivé à l'étonnante conclusion que... c'est Stéphane-le-pas-vite. Celui qui a redoublé ses classes au moins trois fois!

Julie pleurait presque en me racontant. Comment elle avait inscrit sur son ordinateur le nom de tous les garçons qu'elle connaissait. Comment elle avait calculé la fréquence des rencontres qu'elle avait eues avec eux. Leur hasard. Leur durée. Leur qualité. Et, après un an, avec un coefficient de possibilités de 92,519 et des poussières, l'heureux élu de son ordinateur s'appelait: Stéphane-le-pas-vite Bélanger! Éric-le-boutonneux, avec un coefficient de 59,532 arrivait deuxième, loin derrière.

Sapristi de mocheté de sapristi de mocheté! Je comprenais enfin son air de prune ratatinée. Pour elle, qui avait presque tout compris sur l'intelligence artificielle, c'était une sapristi de mauvaise nouvelle!

Pour consoler Julie, je lui ai dit:

— Tous tes calculs, ça ne prouve rien.

Elle a dit, en souriant bêtement:

— Oui, ça prouve quelque chose! Ça prouve que les ordinateurs sont plus intéressants que tout ce que tu peux calculer avec!

— Donc les ordinateurs sont plus intéressants que les garçons?

— Absolument! Ce n'est pas une probabilité, mais une certitude!

J'aime beaucoup Julie. C'est la moins compliquée, la plus franche et la plus intelligente de mes amies. Mais quand Pierre-Yves Hamel est apparu dans la cour de l'école, j'ai eu comme l'impression que Julie Morin n'avait pas du tout raison.

Pierre-Yves avançait parmi les autres comme un dieu viking. Je priais pour que le hasard le dirige vers moi. Comme toujours, il a bifurqué vers le groupe de Marie-Ève. Alors j'ai tourné le dos au groupe de pigeons. Je ne voulais pas voir le grand dieu s'aplatir comme un chien battu.

Pour me changer les idées, j'ai demandé à Julie si, elle aussi, elle avait eu une invitation pour le *party* de Roger. Elle a répondu:

— Tu es folle, Rosalie Dansereau? Personne n'invite personne! Tout le monde y va tout seul.

— Marise Cormier a reçu une invitation, elle!

— Marise Cormier raconte toujours des histoires pour se rendre intéressante. Exactement comme Marie-Ève Poirier, d'ailleurs. Et ça, je n'ai pas eu besoin d'un ordinateur pour le deviner!

J'étais soulagée. J'aurais voulu l'embrasser. Mais j'ai senti une pression sur mon épaule gauche. J'ai bondi comme un ressort. C'était Pierre-Yves! C'était lui! Il m'a dit, timide:

— Cette nuit, Timinie a eu ses bébés. Deux noirs. Deux blancs. Et un noir et blanc.

Il allait continuer. Mais la cloche a sonné. De loin, j'ai eu le temps de voir les yeux de Marie-Ève. Ils me lançaient des poignards comme dans les bandes dessinées. J'ai souri. J'ai secoué ma tignasse noire. J'étais certaine que Marie-Ève Poirier allait imaginer que je lui lançais un défi.

Chapitre VI
La traîtrise

C'est terrible ce qui est arrivé. Jamais je ne pouvais imaginer qu'une ancienne amie pouvait aller aussi loin dans la fourberie. Elle m'a volé mon rêve. Comme si c'était le sien. Elle a pris mes mots. Comme si ce n'était rien. Je l'entends dire à Pierre-Yves: «Je serai plus tard une grande vétérinaire.»

Assise sur le palier de l'escalier, elle caressait du bout des doigts la tête de Timinie. Elle racontait qu'elle aimait tous les animaux. Mais surtout les chats et les oiseaux. Elle disait qu'un jour, plus un squelette, plus un muscle de mammifère, d'oiseau, de reptile, n'aurait de secrets pour elle. Elle saurait comment soigner les animaux. Comment les nourrir. Comment les aimer. Elle a même dit qu'elle soulagerait d'abord les petits chiens, que les gros ça lui faisait encore un peu peur. Et... c'était exactement *tout* ce que *moi*, je lui avais confié, un soir dans ma chambre. Elle me montrait alors comment appliquer du rose à joues sur mes pommettes.

Pierre-Yves, ému, l'écoutait parler. Je suis certaine qu'il ne pouvait pas deviner que Marie-Ève Poirier mentait. Qu'au fond, elle détestait tous les animaux. Qu'elle m'avait même dit sentir de loin les puces qui remuaient dans leurs poils.

Et moi, la seule chose que j'ai trouvée à dire à Pierre-Yves, ç'a été: «Je reviendrai plus tard avec mon chat Charbon.»

Mais elle était encore là quand j'ai déposé Charbon à côté de Timinie, pour qu'il voie ses bébés chats. Elle était encore là quand la chatte de Pierre-Yves a fait le gros dos en sifflant entre ses moustaches. Comme si Charbon était un parfait étranger! Elle était encore là quand, honteuse, je suis repartie avec Charbon dans les bras.

Je n'ai pas soupé. Je crois bien que je ne digérerais pas mon dîner. Je pense même que j'aurais enfin mon affreuse indigestion aiguë. C'est finalement décidé: je n'irai pas au *party*.

Chapitre VII
Le local de Roger

Aujourd'hui, la journée a très mal commencé. Tante Béatrice, au petit déjeuner, a fait sa crise hebdomadaire. Elle a dit que ma chambre était pire que le dépotoir municipal. Elle a dit avoir trouvé un sac de chips rassis sous une pile de petites culottes sales. Trois coeurs de pommes dans la poche d'un vieux pantalon. Une dizaine de gommes à mâcher collées à la queue leu leu sur la tête de mon lit. Et une quantité invraisemblable de miettes de biscuits, éparpillées entre des tas de linge froissé. C'était, disait-elle, inadmissible, et pas du tout la façon dont elle m'avait élevée.

En somme, j'avais changé. Je n'étais plus la petite fille obéissante qu'elle et ses soeurs avaient cajolée, adorée, aimée.

J'étais subitement devenue un monstre qui arrivait en retard aux repas. Qui se maquillait comme une vedette de cirque.

Qui traînait, jusqu'à dix heures, le dimanche matin, dans sa chambre. Je crois bien que j'aurais pleuré, si tante Gudule et tante Diane n'avaient pas ri aux larmes. Finalement j'ai ri aussi. J'ai promis d'aménager mon dépotoir en sapristi de mocheté de chambre de jeune fille. Et de surveiller mon chat, pour qu'il retrouve, lui aussi, ses belles manières d'autrefois.

Tante Béatrice semblait heureuse. Moi, j'avais la paix. L'orage hebdomadaire était passé. Je pouvais enfin m'occuper de mon malheur. C'est-à-dire des amours de Pierre-Yves et de Marie-Ève Poirier.

C'est simple, ils sont toujours ensemble. Collés comme de la glu. Après la classe, Marie-Ève court chez Pierre-Yves pour prétendument s'occuper des chats. Je le sais. Je les surveille de loin. Je n'aime pas beaucoup quand nos regards se croisent et qu'elle relève la tête comme si j'étais la dernière mocheté. J'ai l'impression que Pierre-Yves, lui, ne voit rien. Ne comprend rien. Quand on se rencontre, dans la cour ou dans un corridor de l'école, il me sourit, gêné. J'ai même l'impression que, parfois, il aimerait me parler. Comme Marie-Ève lui colle toujours aux talons, je crois qu'à la dernière minute il change d'idée...

***

C'est demain la grande soirée de Roger. Ce n'est pas parce que j'en veux au monde entier qu'il faut que je reste toute seule dans mon coin. Alors, c'est définitivement décidé: je vais au *party*! J'ai même promis à Roger de venir l'aider à décorer son local avec Marise et Julie.

Je sais bien qu'après la classe j'aurais dû faire le ménage de ma chambre. Mais décorer, c'est plus intéressant que de ramasser ses traîneries.

Je n'en voulais presque plus à Marise depuis que je savais qu'elle racontait toujours des histoires pour se rendre intéressante. Elle m'a même donné une super belle barrette ronde pour retenir ma queue de cheval sur le côté. Moi, je lui ai promis des échantillons de maquillage du salon de beauté de tante Gudule.

Roger était bien content d'avoir de l'aide pour décorer. Il a été très étonné quand il a vu arriver le groupe entier de Marie-Ève Poirier. Moi aussi, j'étais très étonnée.

Marco Tifo avait lâché ses anneaux. Pierre-Yves Hamel, ses chats. Julie Morin, son ordinateur. Il n'y avait que Marie-Ève qui ne lâchait pas d'une semelle son grand héros viking. Elle lui passait les ciseaux, la colle, l'escabeau. Comme une esclave du Moyen-Âge. C'était ridicule. Même Pierre-Yves en avait l'air agacé.

Assise sur le sommet d'un escabeau, j'entortillais, en riant, des guirlandes roses au plafond. Marise découpait des coeurs rouges. Julie soufflait des ballons. Marco collait des anges sur les murs. Roger choisissait des disques et des cassettes avec Éric, Martin, Guillaume et Stéphane. Il n'y avait que Jean-Philippe-le-lunatique qui se tournait les pouces, perdu dans sa tête ronde de Charlie Brown.

C'est lui qui a brisé le charme en posant à Roger la première question:

— Je suppose que ce sera comme l'année passée? Pas de cigarettes! Pas de lumières éteintes et la fermeture à dix

heures tapant?

Roger lui a répondu:

— C'est exactement ça.

— Mais c'est débile!, ont ricané en choeur Éric-le-boutonneux et Martin-le-bum-à-radio-cassette.

— C'est peut-être débile, a répondu Roger, mais c'est ça ou rien! Ça fait sept ans que j'enseigne ici. Je connais vos parents. Ce qu'ils peuvent tolérer, c'est: Pas de cigarettes! Pas de lumières éteintes et la fermeture à dix heures tapant. Et je suis parfaitement d'accord avec eux.

— C'est correct, c'est correct!, ont dit ensemble Éric et Martin. C'est parce qu'on voulait savoir!

Puis Marie-Ève s'est approchée de Roger. Elle a dit, en se trémoussant:

— Roger, je te comprends. Je te comprends profondément. Moi, plus tard, je voudrais être une grande pédagogue. Comme toi. Je voudrais m'occuper des jeunes... des... je voudrais...

Mais Roger lui a coupé la parole:

— Je te souhaite bonne chance, ma grande. Parce que s'occuper de vous autres, c'est pas de la tarte!

Tout le monde a ri. Moi, j'espérais que Pierre-Yves comprendrait enfin. J'ai regardé Marie-Ève:

— Je croyais que tu voulais être une grande vétérinaire?

Elle a rougi:

— C'est vrai, mais... mais cela ne m'empêche pas d'être... d'être aussi une grande pédagogue...

J'aurais pu crier! Et aussi une grande gymnaste olympique? Et surtout une grande menteuse! Mais j'ai continué d'entortiller mes guirlandes comme si de rien n'était.

***

L'accrochage et les décorations étaient en place. Les préparatifs, finis. J'en voulais moins au monde entier.

Je savais que Marie-Ève y penserait à deux fois avant de relever la tête. Et de me regarder comme la dernière mocheté.

Je suis retournée à la maison. Malgré l'heure tardive, j'ai ramassé toutes mes traîneries. J'ai même décollé mes dix gommes à mâcher. Elles dormaient, à la queue leu leu, depuis des semaines, sur la tête de mon lit. Je n'en voulais plus au monde entier. Moi, je savais que malgré tous les Marco, les Roger, les Pierre-Yves, je voulais être, encore et toujours, une grande vétérinaire.

Chapitre VIII
Le *party*

Le jour du *party*, la maison du boulevard Saint-Joseph est devenue pire qu'une maison de fous. Mes sept tantes se chamaillaient sur la façon dont je devais m'habiller. Me coiffer. Me maquiller. Chacune avait sa petite idée à elle et s'entêtait.

Moi, il y avait longtemps que j'avais décidé de mettre mon chandail de hockey, mon jean Levis. Et de me dessiner un coeur en paillettes sur la joue.

J'aurais bien aimé que tante Gudule me prête sa montre anti-chocs, super-submersible avec chronomètre, lecteur-calendrier et bip réveille-matin intégré. Mais je savais qu'il était inutile de lui demander. J'avais aussi essayé en cachette le blouson de cuir de tante Diane. Il était beaucoup trop grand pour moi. J'ai donc décidé de porter mon vieux coupe-vent de l'an passé.

Mes sept tantes se chamaillaient toujours. Comme des pies. Je n'arrivais pas à dire ce que moi, j'avais décidé. Enfin, j'ai pu leur expliquer:

— Je ne vais pas à un bal de froufrous comme dans votre temps mais à un vrai *party* de presque l'an 2000!

Elles ont disparu à tour de rôle. La maison est redevenue calme. Trop calme pour que je ne comprenne pas que je les avais vexées.

Alors je suis allée les rejoindre l'une après l'autre. J'ai tenté de leur faire comprendre qu'elles n'étaient pas du tout des dinosaures du début du monde. Ni des rescapées du déluge. Ni des primates des cavernes. Ni des vieilles choses super démodées. Je voulais seulement qu'elles comprennent que les temps avaient changé. Que c'était tout à fait naturel, aujourd'hui, d'aller à une soirée en jean Levis et en chandail de hockey.

Je crois qu'elles ont compris.

Vers sept heures, Julie et Marise sont arrivées. Pomponnées. En crinolines. En jupes à froufrous. Mes sept tantes ont souri. Je n'avais pas le temps de leur expliquer que les crinolines étaient redevenues à la mode. Alors j'ai haussé les épaules et je suis sortie.

***

Dans la rue, il faisait noir comme chez le loup. Cela faisait curieux de se rendre à l'école pour s'amuser. En arrivant, Roger nous saluait à la porte. Il dirigeait son monde vers le local décoré.

Nous, on s'est d'abord arrêtées aux toilettes des filles. Marise voulait vérifier si sa boucle de tulle était toujours à la bonne place. Julie, si sa crinoline dépassait comme il le fallait. Moi, je voulais voir si les paillettes, sur ma joue, avaient toujours la forme d'un coeur.

C'était excitant, les corridors vides, les classes abandonnées. C'était excitant, le local des arts plastiques complètement transformé. C'était excitant, le punch aux fruits. Les croustilles. Les sandwichs. Les légumes découpés. Les petits gâteaux en coeur, sur une nappe rose en papier.

Mais ce qui était le plus excitant, c'était de voir danser mes amis de l'école. De ne plus les reconnaître, tellement leur allure et l'éclairage les avaient changés.

Je me suis assise avec Julie et Marise le long du mur. Le temps que nos yeux s'habituent aux lumières rouges. Nos oreilles, à la musique.

Puis j'ai vu Marco qui dansait avec une fille de sixième. Puis Pierre-Yves qui dansait avec Marie-Ève. Je me suis levée. J'ai dansé toute seule. C'était mon premier *party*. Je voulais profiter de toutes les danses. De toutes les musiques. Après j'ai dansé avec un peu tout le monde. Julie aussi. Mais Julie a refusé toute la soirée de danser avec Stéphane-le-pas-vite. Il avait pourtant l'air tout à fait intelligent dans son chandail à col roulé phosphorescent.

Marise, elle, a dansé quasiment tout le temps avec Jean-Philippe-le-lunatique. C'est peut-être lui, après tout, son plus beau gars de sixième année!

Pendant tout le *party* j'ai ri. Sauté. Dansé. Dévoré le buffet de Roger, avec tous les autres. Mais au fond, j'étais un peu triste. Pierre-Yves, à l'autre bout de la salle, riait, sautait, dansait avec le groupe de Marie-Ève Poirier. Pas une fois il ne m'a parlé. Pas une fois il ne m'a souri. Je me demandais ce que Marie-Ève avait bien pu lui raconter.

Puis dix heures moins le quart sont arrivées. Roger a placé sa dernière cassette. J'ai couru aux toilettes. Devant le miroir, j'ai secoué ma tignasse noire. Relevé ma queue de cheval sur le côté. Recollé quelques paillettes.

J'allais sortir quand Marie-Ève est entrée. Elle m'a regardée de bas en haut:

— J'avais raison, Rosalie Dansereau, ta tête était beaucoup plus belle avant.

J'ai répondu:

— Au fond, je l'ai toujours su, Marie-Ève Poirier. Ta tête est toujours aussi belle qu'avant. Mais il n'y a rien dedans.

J'ai tourné les talons et je suis allée rejoindre mes amis.

La musique était beaucoup plus lente, plus langoureuse. Roger avait baissé un peu les lumières. J'ai cru voir Marise et Jean-Philippe s'embrasser sur la bouche. Je me suis assise par terre, pour relacer mes souliers.

Puis j'ai vu un pied se poser sur le bout de mon lacet. C'était Pierre-Yves. C'était lui. Il me souriait. Il a dit:

— Tu as fini de m'éviter, de faire

comme si je n'existais pas? Ce n'est pas parce que tu as une tête de vedette de cinéma qu'il faut oublier ses amis! Ça fait déjà trois jours que tu n'es pas venue voir les chats!

Je lui ai répondu que je n'étais absolument pas inquiète pour ses chats. Qu'il y avait assez de futurs vétérinaires pour s'en occuper.

Puis Roger a demandé le silence. Il a annoncé que c'était la dernière danse. Qu'après il faudrait rentrer à la maison, comme il l'avait promis à nos parents.

Tout le monde a crié: CHOU! Puis la musique est repartie. Pierre-Yves m'a prise par la main et m'a demandé:

— Je danse comme un pied, mais j'aimerais bien danser avec toi?

J'ai eu subitement chaud. Mon coeur a bondi et j'ai dit OUI.

Pierre-Yves ne dansait pas du tout comme un pied. Nos cheveux se touchaient. J'aurais voulu que la musique dure encore et encore. Juste à la fin de la chanson, il m'a dit:

— On se revoit demain, c'est promis?

Sur la dernière note de la dernière musique, j'ai répondu OUI.

Marie-Ève, dans l'encolure de la porte, avait tout vu. Elle a baissé la tête. Puis elle a disparu. Ensemble on a chanté une chanson pour Roger. Et, par petits groupes, tout le monde a quitté le *party*.

***

Dans la rue, Marise était aux anges. Muette, elle rêvait sûrement à son premier baiser. Julie riait des déboires de Stéphane-le-pas-vite. C'était un peu méchant. Moi, j'avais encore l'estomac à l'envers, mais j'avais si hâte au lendemain.

En entrant, j'aurais bien aimé filer directement dans ma chambre. Mais mes sept tantes m'attendaient dans la cuisine. Elles avaient chacune dans la main une petite carte en forme de coeur.

Mes sept éternels valentins! J'ai déplié les cartes. J'ai lu. J'ai rougi, comme toujours. Je les ai toutes embrassées sur les joues. Et, de me voir si radieuse, toutes les sept avaient compris. J'avais eu le plus merveilleux, le plus inimaginable premier *party* de presque l'an 2000.

Chapitre IX
Mon héros

Le lendemain, comme tous les dimanches, je me suis rendue au garage de Marco. Pour la première fois depuis un an, il n'était pas là à se balancer sur ses anneaux. La rue était déserte. Un soleil pâlot tentait de percer l'épaisse couche de brume. J'ai descendu la rue Garnier. Je suis revenue sur le boulevard Saint-Joseph. J'hésitais à me rendre chez Pierre-Yves si tôt dans la matinée. Alors je suis allée au restaurant du coin avaler un jus d'orange et un chausson aux pommes. Après j'ai grimpé l'escalier et j'ai poussé la porte de chez Pierre-Yves.

J'ai fait le saut quand j'ai vu Julie, Marie-Ève et Marco bien installés sur les marches intérieures. Marco racontait tout bas que Roger avait décidé de l'entraîner. Pour les Jeux du Québec, l'été prochain. Finis les entraînements solitaires dans le fond de son garage.

Marie-Ève parlait de médailles olympiques. Julie écoutait. J'en voulais à Marco de ne pas m'avoir annoncé la nouvelle en premier. Après tout, j'étais presque son entraîneure.

Puis j'ai réalisé qu'il se passait quelque chose. Tout le monde avait la mine basse. On chuchotait. Alors j'ai demandé:

— Qu'est-ce que vous avez tous à murmurer comme si on était dans une église?

Julie a répondu:

— C'est le drame, en haut.

Marco a continué:

— C'est à cause des chats. La mère de Pierre-Yves veut que la chatte soit opérée. Son père parle même de faire tuer tous les bébés. Pierre-Yves n'est pas d'accord du tout.

— Alors ça discute fort dans la maison.

Je comprends maintenant pourquoi la chatte et les chatons dormaient sur le palier de l'escalier, en dehors de la maison.

Je suis montée. J'ai flatté le dos de Timinie. Doucement, j'ai retiré les cinq bébés de la boîte. Je les ai caressés sur mes genoux.

Derrière la porte, j'entendais des bouts de phrases. Des éclats de voix. Cela me rappelait combien, il n'y avait pas si longtemps, j'avais dû me battre avec mes tantes pour garder Charbon.

Les chatons avaient à peine les yeux ouverts. Ils se traînaient mollement, en tremblotant sur leurs pattes. J'avais le coeur serré en songeant qu'on pouvait les tuer. J'ai remis les deux noirs et les deux blancs dans leur boîte. Et j'ai caressé longtemps celui qui était noir et blanc. Noir comme Charbon, mon chat. Blanc comme Timinie, la chatte de Pierre-Yves. Alors j'ai pris une grande décision.

Quand enfin Pierre-Yves est apparu dans la porte, je lui ai montré le bébé chat:

— Personne, non, personne ne tuera celui-ci! Je le garde, c'est à moi!

Pierre-Yves m'a regardée gravement. Il a souri. J'ai remis le bébé à Timinie. Pierre-Yves et moi, on est descendus.

Julie, Marie-Ève et Marco attendaient, en silence. Pierre-Yves s'est d'abord affalé sur une marche, en se grattant la tête. Il a haussé les épaules. Il s'est balancé d'avant en arrière, puis il a dit:

— Ouais, ben… c'est pas si pire!

— Pas si pire quoi? a demandé Marco.

— Bien, mes parents m'ont convaincu de faire opérer ma chatte. Je les ai convaincus de me donner trois semaines pour trouver une famille aux bébés chats.

Puis Marco Tifo a hoché la tête et il a dit:

— Moi, l'année dernière, j'ai perdu mon chien Popsi. Il s'est fait écrabouiller par une auto. Depuis, je n'aime pas beaucoup voir mourir les animaux. Par contre, mon garage est bien vide. Je crois bien que… que je prendrai les deux petits blancs. Ensemble ils ne s'ennuieront pas. Ils feront la chasse aux souris. Mon père sera content. Moi aussi.

Julie, elle, a semblé calculer dans sa tête tous les avantages. Tous les inconvénients qu'il y avait à s'occuper d'un chat. Elle a fini par dire:

— C'est décidé. Je prendrai une minette noire. Je l'appellerai Chips. Elle pourra tenir compagnie à mon ordinateur. Il ronronne, lui aussi.

Puis tout le monde a regardé Marie-

Ève. Marie-Ève, elle, regardait ailleurs. Elle cherchait ses mots. Elle a bafouillé:

— C'est... c'est que moi, j'aurais aimé avoir celui qui est noir et blanc. En fait, je l'avais choisi bien avant Rosalie. C'est que... je n'aime pas du tout les chats qui sont tout noirs. Alors, si Rosalie veut bien me donner le sien... Après tout, pour elle, ce n'est pas si important. Elle aime n'importe quoi.

J'ai d'abord pensé: «La vache! La traître! La chipie! La menteuse! Si elle pense que je vais lui donner mon chat! Jamais! Jamais je ne lui céderai celui que j'ai choisi! Il signifie trop de choses pour moi!»

Puis j'ai compris. J'ai compris à son air effarouché que Marie-Ève n'avait jamais eu et n'aurait jamais l'intention de s'occuper d'un chat.

Alors j'ai dit, en secouant ma tignasse:

— D'accord, d'accord! Je prendrai le noir. Tu garderas le noir et blanc!

Étonnée, même désemparée, Marie-Ève s'est levée. Elle est devenue blanche. Puis verte. Puis rouge. Et elle a fui. Comme si tous les diables de l'enfer lui couraient après.

Tout le monde a ri. Pierre-Yves a haussé les épaules. Il a avoué savoir depuis toujours que Marie-Ève n'aimait pas beaucoup les chats. Il l'avait remarqué: chaque fois que Timinie s'approchait de Marie-Ève, la bouche de celle-ci grimaçait, comme si on la forçait à avaler des épinards.

Mais le pire, c'est que Pierre-Yves se demande encore comment Marie-Ève fera pour devenir une grande vétérinaire. Moi, je me demande pourquoi les garçons sont toujours un peu idiots.

***

Julie s'est approchée de Pierre-Yves. Même qu'elle s'est assise sur la marche à côté de lui. Leurs cheveux se touchaient. Elle parlait d'ordinateur. Lui parlait de races de chats. J'ai compris que pour moi, la guerre n'était pas finie.

J'ai resecoué ma tignasse d'Indienne javanaise. Et j'ai dit:

— Je m'en vais, salut tout le monde!

Pierre-Yves m'a attrapée par la manche de mon manteau. Il a dit:

— Attends, Rosalie! Est-ce que ça te tente, aujourd'hui, de lire un livre de ta collection avec moi?

Alors j'ai su que c'était lui mon grand héros viking. Que c'était moi, Rosalie, qu'il aimait. J'ai dit en poussant la porte:

— Je vais chercher un des dix-huit livres de ma bibliothèque et je reviens!

Dans mon dos, j'ai entendu Julie crier:

— De quel livre tu parles, Rosalie Dansereau?

Mais j'étais déjà rendue si loin. Plus loin que la plus lointaine des étoiles. Avec un filet de voix, j'ai tout de même répondu:

— C'est PERSONNEL, Julie Morin.

***

Je suis revenue quelques minutes plus tard. Pierre-Yves m'attendait. Seul, assis sur la première marche de l'escalier. Timinie dormait sur ses genoux. Alors, ensemble, on a lu. Ensemble, on s'est fait dévorer par des centaines de monstres Knorks. Et, parce qu'on avait la tête ailleurs, ensemble on a recommencé. Recommencé le livre dont on n'était plus les héros.

Épilogue

Ça va bien! Il y a des jours où tout va bien! La belle Marie-Ève Poirier vient tout juste de s'amouracher du beau Guillaume-l'Haïtien-intellectuel-à-lunettes. Elle crie sur tous les toits qu'elle sera plus tard la plus grande savante de la planète. Marco Tifo est un peu déçu. Il espérait pratiquer avec elle, sur la poutre, le trapèze et les anneaux.

Je sais que Marco réussira, l'été prochain. Il a travaillé si fort, dans la noirceur de son garage. Je sais aussi qu'il gagnera vraiment une médaille olympique, un jour.

Ça va bien! Il y a des jours où tout va bien! Tante Gudule a enfin compris que j'avais l'âge de me maquiller. Pour ma fête, hier, elle m'a donné un ensemble complet d'ombres à paupières et de fards à joues. Elle pense que c'est la meilleure façon pour que je cesse de lui chaparder ses affaires. Tante Diane, elle, ne m'a pas encore pardonné tous mes mensonges. Mais elle m'a acheté, malgré tout, cinq gros livres de la collection «Un livre dont vous êtes le héros». Je sens qu'il faudra un petit peu de temps avant qu'elle me raconte ses histoires d'amour. Et que je lui raconte la mienne. Depuis quelques semaines, elle surveille drôlement son manteau de cuir. Je crois qu'elle a deviné qu'un jour, en cachette, je pourrais le lui emprunter.

Ça va bien! Il y a des jours où tout va bien! Charbon dort avec son fils Léopold. Ils sont couchés dans le même panier. Aucune de mes tantes n'a protesté. Tout doucement, j'ai amené le chaton faire des tours à la maison. Finalement, Léopold s'y est installé.

Ça va bien! Il y a des jours où tout va bien! Pierre-Yves n'a jamais su que j'avais un peu exagéré ma passion pour ses fameux livres. Je ne lui dirai jamais. Mais il connaît mon véritable amour pour les animaux. Il sait que plus tard, je serai une vraie vétérinaire. Pierre-Yves est encore mon grand héros viking. Je crois qu'il le sera toujours!

Même si ça va bien. Même s'il y a des jours où tout va bien. Aujourd'hui, je m'inquiète un peu. Julie, ma meilleure amie, vient d'entreprendre un sapristi de mocheté d'énorme projet sur son ordinateur. Je suis inquiète. Parce qu'elle y calcule les probabilités génétiques de la descendance d'une chatte blanche avec un chat noir.

J'aime beaucoup Julie. C'est la moins compliquée, la plus franche et la plus intelligente de mes amies. Mais... depuis que je connais Marie-Ève Poirier, je me méfie.

Achevé d'imprimer
sur les presses des Ateliers des Sourds Montréal (1978) inc.